현대시세계 시인선 126

아무 눈물이나 틀어줘

김태완
시집

아무 눈물이나 틀어줘

김태완
시집

도서출판 북인

시인의 말

『왼쪽 사람』 이후 많은 시간이 흘렀다.
10년을 넘기면서 많이 쓰고 많은 것을 지웠다.
작고 소소한 것들에게 더 마음이 쓰이면서
시력은 흐려져도 눈물은 더 맑아지길 바랐다.
슬픔에 대한 분노와 아픔을
지극하고 소박한 밥 한술 넘기듯
내 몸, 발화된 온기를 나누고
이번 시집도 자연스럽게 세상에 나왔다가
잘 사라졌으면 한다.

2020년 겨울
김태완

차례

2부 슬픔을 사과처럼 먹었다

3부 마음 번역

4부 자연스럽게

1부

지극한 손

검색어

먹을 수 없는 물고기

내 손가락이 미끼가 되어

필요한 주문을 바늘에 끼워넣으면

파닥파닥 살아 있는 물고기들

주검으로 건져진 만선의 귀환

예리한 칼, 한 점 떼어 씹어보면

밋밋한 오늘의 날씨

마냥 흐린 물고기 눈빛 마주치니

갑자기 바다의 색깔이 궁금해졌어.

생각이 안 나.

뾰족하다는 것

당신, 참 뾰족해
나도 모르는 나도 뾰족해

이파리가 뾰족해 귀퉁이는 뾰족해 모서리가 뾰족해
바람도 뾰족하고 귀여운 강아지 이빨이 뾰족해
시 쓰는 펜 끝도 뾰족해 원고지 네모 칸이 뾰족해
두고 온 옛날의 애인 입술이 뾰족해 상처 입은 마음이 뾰족해
상처를 준 말 한마디가 뾰족해 각진 명함 속 이름이 뾰족해

누군가를 찌르기도 하고 내가 찔리기도 하고

뾰족한 것들이 뭉뚝한 것들을 끌어안고
감쪽같은 위장으로 되새김질하는 뾰족함

어쩌면 뾰족한 것들도 상처가 있어
나도 모르게 얼마나 많은 심장을 찔러댔을까
그래도 끝까지 내가 뾰족하다는 걸 나도 몰라
절대 몰라.

콕콕, 내 맘은 아직도 찔리는 중이야

찔린 자국조차 뾰족해

슬플 때 추는 춤

어느 개업집 앞 키다리 풍선이 춤을 춘다.
잃어버린 아이를 찾는 벽에 붙은 전단지가 너풀거리며
춤을 춘다.
장날 바닥에 널려진 고추며 호박이며 오이가 옹기종기 모여
햇살 가격만큼 몸을 굴리며 춤을 춘다.
병마에 지쳐 의사의 눈빛에 매달리는 간절함이 춤을 춘다.
그렇게 못 추는 춤을 춘다.
칼바람 무쇠바람 눈물바람, 바람 먹은 나무들이
고요히 내뱉는 슬픔이 하늘거리는 승무 같다.
같은 노선에 탑승해 행선지를 나누는 빼곡한 사람들이
덜컹거릴 때마다 칼군무로 들썩일 때
꿈을 잃은 사람들이 저마다의 음표를 움켜쥐고
묵직한 발자국을 새기며 내일로 끌려간다.
끌려온 행적들이 박자 없는 악보가 되어
오선지 밖으로 튀어오르는 춤을 출 테니

아무 눈물이나 틀어줘

손끝에는 희망이, 시선은 간절하게
발끝 스텝은 뜨겁게
뚝뚝 눈물 끊어지게

텅 빈 돼지우리의 돼지

우리가 우리 안에서 우리 밖으로 나갈 수 없다는 것을
우리는 모르고 있었다.
우리는 자꾸 작아지면서 우리를 조여오고 있을 때
공간이 시간을 지배할 수 있다는 것을 느꼈다.
우리는 우리를 넓히기 위한 초조한 시간을 허비하고 있을 때
누군가 시작해버린 카운트다운

나눠어진 시간들이 목구멍 안으로 넘어가고
우리는 잠시 꾸역거리는 돼지가 되었다가
우리 속에서 조금씩 가까워지는 거친 동질의 호흡을 교환하며
비로소 하나가 되는 우리의 동거는 뜨거울까

마지막 방울 소리가 들리면 우리는 우리를 떠날 것이다.

그래서,

우리 안에 그 동안 누가 있었던가.

어른은 맛이 없다

간혹, 폭풍우 치는 날이 있지

누가 일으킨 소요인지
헝클어진 무방비의 민낯을 어둠에 던지고
귀기울여보는 그런 날

아무 관심도 없던 자그만 뒷산

그 산이 바람을 먹고 신음하는 소리
내려치는 빗방울 다 받아주며
하염없이 회초리 치는 소리

저 산이 언제부터 저기에 있었는지
저 애인이 언제부터 저기 있었는지

폭풍우가 몰아치고 난 후에
그 뜨거운 소리를 이제야 듣네
그 지극한 흔적을 이제야 보네

어른이 되어가려는지

삼켜버린 말들이 너무 많아
먹으면 안 되는 걸 자꾸 먹어치워

뒷산 같은 배가 자꾸 나오네.

그림자의 관절에 대하여

굽은 등, 주저앉아, 수그린 머리, 석고 동상처럼
흐트러진 모습은 아침, 잠에서 깨어나는 잠깐 동안만
허락하자, 일어서는 그림자여

손바닥, 가만히 바라보니, 손금이 가로로, 딱, 휘어질 만큼만
휘어질 수 있게, 굽혀질 만큼만, 굽혀질 수 있게
그 어렵다는 손가락이 이 세기 안에 과학적으로 해결될까
해결, 통쾌한 그 말, 일어서는 그림자여

이 큰 머리, 머리의 무게만, 약 5kg, 오로지 머리만,
관절이 없이, 뻣뻣한, 단단한, 속은 칼국수처럼 꼬인, 두부 같은,
이 무게를 지탱하는 목뼈는 7개, 그것도 작은 연골로, 간신히
고개를 들어올릴 수 있게, 딱, 그만큼만,
이겨낼 수 있게, 일어서는 그림자여

쉼표처럼, 수많은, 관절, 다치기 쉬운, 마음, 다치는 슬픔 같은

일어서는 그림자여, 그림자에 숨은, 이 굽어짐에 대하여
다행이다, 더러는 이 몸, 뉘일 수 있는, 바닥에서, 다시,
굽힐 수 있게
우두둑거리며, 쭉, 펴지는 그,림,자,

꿀, 벌

한 무리의 벌 떼

꽃이란 꽃은 모두 움츠린다.

벌은 꿀이 될 수 있을까
혹은, 꿀로 벌이 될 수 있을까

마지막이 되어서야 고개를 숙였다. 그 뻣뻣하던 위장을 낮추며 공손히 고개를 숙였다. 이 자세는 인정한다는 뜻과 이걸로 마무리하자는 뜻을 동시에 나타내는 형용사 같은 것이었다. 동사가 형용사가 되는 문장은 자연스럽게 읽혀지고 은닉된 상징은 벌들의 마을로 향하고 있었다.

벌이 있는 곳에
유혹 같은 달콤한 꽃이 있었다.

벌 떼, 우르르 꽃으로 달려들었지만
꽃들은 여전히 무사했다.

무죄다.

지극한 손 1

투박하고 거친 손
마디마다 굵게 박힌
험악한 악산

어찌 그리 험한 길을
걸어오셨소.

어찌 그리 거친 허공
잡고 사셨소.

상처가 들어오는 지극한 통로
그리고 남은 거대한 바위산

그 산 넘으면 뭔들 없겠소.

지극한 손 2

아주 오래 전 내가 어렸을 적
철부지 잘못을 저지른 날
아버지는 안방으로 나를 불렀다.
나는 무릎을 꿇고 잘못을 뉘우치는 동안
차마 아버지의 눈을 보지 못했다.
죄송한 마음에 고개를 숙이고
아버지가 전해주는 꾸지람 같지 않은 꾸지람을
담담히 받아들이며
부끄러운 손만 만지작거렸다.

가만히 아버지의 무릎 쪽을 바라보았다.
나보다 더 간절하고 뜨겁게
손과 손을 맞잡고 있었다.

지극한 기도가 보였다.

지극한 손 3

오지 않는 것들을 억지로 끌어당기다
갈라진 흔적이다

올 수 없는 것들을 하염없이 부르다가
허공이 스친 흔적이다

오지 않아도
올 수 없어도
계속 진화 중인 유일한 슬픔

눈물을 퍼올리기 딱 좋은
오목하고 텅 빈 우리의 지극한 한때.

지극한 손 4

귀한 손을 가졌네.

꽃들에게도
나무에게도
순한 짐승에게도
세상의 어느 것도 가지지 못한

마음을 꺼내놓으면
이런 모양의 기호가 될까

움켜쥐면 떠나가고
놓아주면 오지 않고

민낯 가린 손 부끄러워
벌겋게 달아오른 홍조

참으로
귀한 손을 얻었네.

육필, 육화로 피어

몸으로 쓰는 삶

뱉어낼 수 없는 쓴맛의 식사

향기로운 사람의 냄새가 흐드러지면

세상의 언어가 아닌 온몸을 다해 써지는

꾹꾹 눌러쓴 발자국이여

어쩌면 슬픔을 머금은 질량만큼

쓴맛은 깊어지고

향기로운 그대의 가슴과 가슴 사이

내 몸 깊숙히 심어놓은 한 알의 꽃씨가 되어

푸른 싹을 띄우리.

나무발자국 1

— 고사목에 바치다

여기 맑고 투명한 영혼, 천국에 달하게 하소서

이승에는 마땅히 머물 만한 천국이 없어

천사 같은 미타 같은 한 사람 여기 있나니

저승 그 어디인지 모를 그곳

푸른 하늘 끝자락 한 쪽을 허락하소서

자리한 이곳에서 한 그루 나무가 되어

있는 듯 없는 듯 세상의 모든 바람 달래가면서

천사인 줄 미타인 줄

아무도 모르게 걸어가리다.

나무발자국 2

막 세상에 나온
아이의 순결한 발바닥

아직 한 걸음도 내딛지 않은
어여쁘고 앙증맞은 발바닥에

어느 나뭇가지 밟고 왔는지
어느 뿌리가 걸어갔는지

고운 주름 나무발자국
몸 가장 아래에 숨겨진
푸른 하늘.

싱겁다

예상했던 대로 가는 건 싱겁다
끝이 생각했던 대로 끝이 되는 건 싱겁다

당신이 죽는다는 것을 알면서
끝까지 마지막 투병의 길을 거부한 아버지는
가야 할 때를 알고 회한의 눈물로 이승의 말을 대신했다
마지막이라는 막막한 단절은 마지막이 되어서야 수긍되는
자연스러운 이별이 아니던가.

세상의 아버지는 전생에 일개미이거나
답답한 늘보였거나 묵묵히 밭을 갈던 황소였을까
내가 아버지가 되고 아버지의 나이가 되고
아버지가 좋아하시던 시래깃국 맛을 알게 된 어느 날
그 맛이 이 맛이었구나, 된장 풀린 흙빛 마른 시래기
입안에서 짭조름한데, 분명 짭조름한데

싱겁다
그리움이 깊어지면 기억은 또렷할 줄 알았는데, 싱겁다
우리는 싱거운 한때의 계절을 보내는
누군가의 아들, 어느 집 딸들의 아버지

예상했던 대로 끝이 되는 범상한 길
우리는 모두 싱겁다. 싱거운 바람이
아버지 봉분 같은 내 뒤통수를 쓰다듬고 지나간다.

몸 밖에서 놀다

들어와, 어서 들어와
차림이 누추해도 오라는 곳이 있다
그대의 집
투명한 집 안으로 몸을 숨기고
윙윙 나불대며 밖으로 도망치고 있는
저기 저 익숙한 모습 좀 봐
내 손이 나를 향해
들어와, 어서 들어와
달빛에 가려진 굽은 길 찾아
주소도 없고 이름도 없는 어느 마을
내 눈물이 가벼워지면
비로소 보이는 그대의 집에서
나는 놀고 놀아 신바람나겠네
그대의 손이 나를 향해
들어와, 어서 들어와
그대가 없는 집
몸 밖으로 들어가
몸 밖에서 혼자 놀다.

2부

슬픔을 사과처럼 먹었다

달빛을 먹다

슬픔을 반으로 잘라 사과처럼 먹었다

그래도 반이 남았다
사과 반쪽 같은 반달이 덩그러니
남은 슬픔을 잉태하는 중이다.

슬픔을 반으로 잘라 사과처럼 먹었다

슬픔은 먹는 것이다
먹먹한 입 안으로 넣어 강물처럼 가슴으로 흘려보내듯
지나온 시간들이 인화된 사진처럼 압축된 순간이 될 때
그리운 기억은 눈으로 먹는 것이다 한 끼 밥이 주는 위안처럼
너를 위로하는 그 순간에도 눈물을 밀어넣는 손길에도
내 눈물이 너를 지키는 것이다 순간의 사실들이 모진 속도에 굴복할 때
곁을 지키는 뜨거운 슬픔을 키워내는 것이다

빈 방, 들어온 달빛 사람의 소리를 먹고 고즈넉하게 누워있는 자리
여백을 깔아놓고 너와 나 사이 아픔의 중력을 가늠하고 있다
이제 나를 꺼내주오, 이제 나를 가둬주오, 매일 문을 두드리는
이 변격의 슬픔, 모진 슬픔보다 더 깊은 슬픔은 둥근 형태인가
가만히 둥근 빛을 바닥에 뉘이고
그 은밀한 속살을 반으로 싹둑 잘라 나뉘어진 슬픔을

사과처럼 울컥울컥 씹어 먹는다.
한 가득 달빛 먹은 사과 속 빈 집 같은 적막이 밖으로 나와
붉어진 달빛을 넘기는 힘
아스라한 너는 무엇이더냐.

슬픔이 익어갈 때 좋은 냄새가 나

일과를 마치고 아파트 계단을 오르는데
솔솔 풍기는 된장찌개 냄새
김치찌개 끓이는 냄새
밥 익어가는 냄새
집집마다 저녁상 차리는 냄새

해거름 마을 굴뚝에 일제히 연기가 피어오르면
우리는 집으로 갔지
밥때가 되어 한 방에 둘러앉아
강된장에 고봉밥 한 사발 뚝딱하던 그런 날
커피처럼 숭늉을 마시고 어둔 밤길 지나 친구 집에 옹기종기
얼굴만 봐도 까르르 웃으며 한 장의 이불로 따뜻했던 밤

지나간 것들의 냄새가 나
아궁이 불 피우는 냄새
무쇠솥을 데우며 피어오르는 연기 냄새
둥근 밥상머리 아버지 땀 냄새
어둔 밤길 산에서 내려온 숲 냄새
행복이 뭔지 몰라도 마냥 좋은 우리들의 발 냄새

지나간 것들이 익어가는 냄새가 좋아

걸어온 거리만큼 기억은 숙성되는 향기로 남고
부르지도 않았는데 문득, 뒤돌아보는
어느 집, 어느 마을에서 저녁상 차리는 소리
귀동냥으로 한참을 맛보고 있었지

슬픔의 맛은 귓전에서 더이상 가까이 오지 않았지

낡은 신발이 남긴 긴 발자국

가슴 한편 아물지 않는 멍울 같은 것
헛주먹으로 무딘 가슴을 친다고
묵직한 멍울이 떨어지기야 하겠는가
오랫동안 한참을 바라보았지
치열하고 무거운 걸음을 내려놓은 성자의 침묵
고요함이 주는 느린 상처
이제 한 걸음 더 숙연한 길을 향하여
너에게 간다

낡았다는 것은
너의 소리를 기억한다는 것이지
깊게 더 깊게 너의 안쪽을 향하여
내 슬픔을 욱여넣고 세상의 수많은 질문을
지나왔다는 것이지
지친 걸음을 붙잡고 질긴 집착은 길어지네

가슴 한편 매달려 있던
멍울 한 켤레.

빨래

다시 그 속으로 들어가기 위하여
알몸은 불온했다
그렇게 빠져나온 알몸을 세탁하고
뚝뚝 떨어지는 것은 몸의 고단한 무게

있는 힘을 다해 비비고 짜내도
지워지지 않는 지독한 생존의 기억들

언제쯤 빈 몸으로 향기롭게 나부낄 수 있을까

햇살에 흠뻑 젖으며 가벼워지는 날
너울거리는 허공을 향해 내 몸을 구겨넣고

몸을 빠져나온 빈 몸들
너풀거리는 나비 마냥 하늘거리는 가벼움의 향연
그 안으로 들어가

내 맘 공손히 말리고 싶네.

짝짝이면 어때

짝, 이라는 말은 둘이라는 것
짝짝, 이라고 붙이면 다르다는 것

자세히 보니
내 눈이 짝짝이다 왼쪽과 오른쪽이 다르다
그런데 꼭 짝, 같다
몸 양쪽이 다르고 쓸모도 다르고
다르면 다른 대로 한 몸에 붙어사는 오묘함

반으로 나뉜 것들이 다시 반으로 나누어지고
가뭄에 논바닥 갈라지듯
홍수에 미친 물길이 길 아닌 길로 쏟아지고
너는 너고, 나는 나고,
쪼개지고 갈라진 짝짝이들이 멀리 가지도 못하는
순둥이 등신들이라
떨어지면 그만인 것을 마치 짝처럼 붙어 앉아
등 돌리고 기웃거리는 오묘함

짝짝짝, 박수를 친다 가까운 앙숙의 화해를 위해
끝끝내 너는 너일 수밖에 없다는 사실을 위해

지워진 듯 갈라진 경계는 투명해도 경계다

그러니 짝짝이면 어때?

물고기 호흡법

너와 나
어쩌면 물고기였을지 몰라

눈물이 짜고, 흘린 땀들이 짜고
내 피에서 생선 비린내가 나는 걸 보면

매끄러운 피부, 비늘이 떨어져나간 숨구멍
지느러미는 갈라져 팔이 되고 손가락이 되고
꼬리가 떨어져나간 꼬리뼈

물 속 같은 공기 속 유영하는 물고기처럼
우리끼리 무리지어 살고 무리지어 싸우고

내 촉이 맞아 분명
우리는 한때 물고기였을 거야.

입으로 말하는 게 답답한 걸 보면
귀는 조만간 사라질 거고
어느 미끼에 걸려 바닥을 치며 발버둥치는
저 몸부림조차

우리를 닮았어,

이제 새로운 호흡법을 빨리 익혀야 해, 서둘러.

나비는 춤을 못 춰요

잠깐 쉬었다 갈게요. 아주 작은 터전 한 티끌만 내어주세요
꽃이 아니면 어때요 모두가 나의 안식처인 걸요.
가고 싶은 곳 숙명처럼 쌓여 어디라도 가고 있는 중이에요

무심코 내 걸음에 눈 맞추다가
갑자기 사라지는 어느 순간에,
궁금해하지 말아요. 아마도 당신의 영혼 어디쯤
펄럭이며 들어가 있을 거예요.
자세히 보면 보여요 나의 지친 걸음이 위안을 얻는
당신의 가슴언저리 흔들리고 비틀거리는 나의 걸음을
기쁘게 춤추는 예쁜 이름으로 불러줘서 감사할 뿐이지요.

모두가 두둥실 춤을 출까요.
때로는 엇박자에 리듬이 끊어져도 당신 마음이 두근거리고,
생각이 생각을 파고드는 힘겨운 나날들이 계속된다면

이리 오세요
아플수록 화려해지는 날개 춤을
나와 함께 한발 한발 스텝을 밟아봐요.

돌아갈 수 없는 길을 가는 우리는
모두 몸치라지만.

온다

너는 온다.

찬란한 아침처럼
어둠의 고요처럼

비가 되어 오고, 눈이 되어 오고, 바람으로 오다가
마침내 돌아갈 수 없는 어제가 될 오늘이
온다. 헤일 수 없는 엄청난 이름들이, 꽃들이, 불꽃들이
거센 힘줄로 살아남은 금강이, 가끔 낭떠러지로 모든 걸 던지는
폭포수로, 무너진 담장으로, 콘크리트 벽 틈새에 핀 초록빛으로
어둠을 먹은 입 안으로, 꾹꾹 눌러놓은 가슴 속으로
올 것들은 빠짐없이 모조리 온다.

올 때마다 나는 무언가를 하나씩 나눠준 모양이다
눈물이 그렇고, 기억이 그렇고, 그리움이 그렇고
상처가 그렇고, 모진 말, 맘과 다른 쓰디쓴 말이
웃음대신 노여움이 불같은 분노가 그렇고

죽어서 사라진
나 없는 너에게로 너 없는 나에게로

오는 것들은
온다는 기별도 없이 그냥 온다
불쑥, 나오는 눈물처럼.

날개옷을 입은 난장이

키 큰 남자가 좋다는 그녀가 먼 외출을 준비 중이다.
그녀의 집 밖에는 키 작은 난장이들이 웅성거리며
그녀가 나오기만을 기다리는 중이다.

그녀를 보기 위한 간절한 기다림이
까치발로 서서 낮은 담장을 넘나들고

어떤 옷이 어울릴까
거울 앞에서 그녀는 몇 번씩 옷매무새를 다듬으며
목 주위가 적당히 반짝이는 아주 큰 하늘색 원피스를 선택한다.

거울은 그녀를 향해 더욱 투명해지고
그녀의 눈을 피해 숨소리를 빨아들인다.

예쁘고 아름다운 하늘색 원피스가 마른 그녀의 몸에 걸쳐진다.
풍만한 여인이 입어도 될 만큼 넓고 큰 원피스
언제부턴가 빅 사이즈의 큰 옷이 익숙해지고
난장이들의 헐렁한 순정을 사로잡았다.

아니야, 이게 맞아, 내게 딱 맞는 옷이야
빙그르르 한 바퀴 돌더니 창문 밖 난장이들을 향해 손을 흔든다.

낮은 담장을 넝쿨장미가 감싸고 있는 문 밖으로
그녀가 나오자 모두가 박수와 환호를 보낸다.

그녀가 풍기는 장미 향기와 몸에 넘치는 큰 원피스가
언제 흘러내릴지 모르는 아슬아슬한 절정을 만끽하며
환호성으로 조금씩 자라나는 난장이들

그녀의 옷깃을 따라
간혹, 흘러내리는 실오라기 하나씩 손에 쥐고
환각의 길목을 따라나서는 알몸의 난장이들

허파 속에 바람을 넣고 연신 손을 흔들며
날개가 되지 못한 날개가 펴질 때까지
펄럭이는 저녁이 되어도 그녀는 다시 오지 않았다.

집 밖에서 집을 보다가

산성을 감춘 사과
속맘을 감춘 사람들처럼
붉게 물든 문양이 어느 마을의 저녁 풍경처럼
고즈넉한 그곳이 낯설지 않아
너 어디 사니? 사과 배꼽 그 언저리 제법 넓은 마당에 살지
먼 곳에서 온 바람과 뒷산 새들이 오고가는
계절을 먹고 살지 시간을 먹고 살지
맞아 둥근 언덕에 꿈 하나 짓고 껍질 위에 살아
아찔한 곡선에서 잠시 머물던 미끄러운 시간
거침없이 어둠을 뚫고
이 화창한 마을의 풍경이 둥근 슬픔 위의 집이라

돌탑 같은 마음의 무게가 바람을 뚫고 견딜 때
비로소 잘 지나왔는가 붉은 길 위의 사람아
한쪽으로 자꾸 쏠린다
누가 사과를 깎는가 나의 영역이 농익은 지구의 자전처럼
돌고 돌아 굴러다니는 이 큰 중력으로도 끌려오지 않고
저 만치 딱 그리울 만큼의 거리에서
미처 말하지 못한 한마디 둥근 말

나의 속맘이 조금씩 드러나고 있다.

반사경

직선으로 곧게 뻗어 있으면 그것이 바른 걸까.

휘어지고 꺾이면서 이어지는 길

사각지대에 사는 고양이가 반사경 속으로 걸어들어가 나오지 않는다.
꼬리를 감춘 내일이 따라들어가 어두워지기를 기다리는 오후
투명한 얼굴로 보이지 않는 시간을 보는 외눈박이 큰 눈동자

살짝, 다가오는 잠깐의 미래를 본다.
휘어지고 꺾인 길들이 잠시 직선이 된다.
고양이는 기지개를 펴더니 반사경 밖으로 나와
이글어지고 휘어진 제 몸을 보고는 화들짝 놀라 달아나고
사각지대에 고양이 솜털 같은 고요한 저녁이 내려오면
볼록한 내 눈동자로 들어온 지구처럼 둥글게 휘어지는 직선

가만히 내 눈을 고양이처럼 비벼본다.

순간포착

오래된 낡은 문
변덕스런 바람이 이리저리 불 때마다
마치 삶을 포기한 사람처럼 힘없이
삐걱대며 열렸다 닫히기를 반복하는 순간,

누구 없나요?
누가 문 좀 붙잡아줘요

누군가 들어가려 애썼던 영역
눈물 훔치며 마침내 끝의 지점에서
삐걱거리며 나오던 순간,

내가 어디에 있든
결코 그 문을 닫지 못하고
나는 그곳으로 기어이 가리

함정인지 모르고 엉금엉금 기어들어가는
버려진 길고양이처럼.

심야택시

세상의 불 꺼진 심야

볼 수 없던 것들 더 선명히 보이고
들을 수 없던 소리 더 크게 들리는
신비한 시간의 어느 난간에서
측정할 수 없는 나의 시간은 급하다.

미궁의 행선지를 향해 달리는 심야의 검은 길
지나온 길을 암기하는 블랙박스에 생각의 속도가 표시된다
멈추지 않을 것처럼 속도를 올리며 내일로 가는 바퀴
어느 갈림길에서 방향을 잃은 급정거에
공회전만 길어지는 어느 심야

모두 도착할 수 있어도
어디서 내려야 할 것인지 알 수 없는
이 궁금한 세계 어디쯤에서
살아온 만큼의 요금을 지불할까

이 어둠이 무료로 나를 끌고 간다.

나는 쉽게 읽히는 문장이었다

오래 전 읽었던 책의 접힌 부분을 편다

발효된 향기로 다가오는
눅눅한 시간
곱게 접었던 자리를 펴자
우수수 쏟아지는 그리움

얼마나 많은 시간을 접어두었던 걸까

늘 소리내어 읽지 않았다
묵음으로 낭독되어 쌓여진 의미들이
내 몸으로 들어와 늘 접혀진다

너를 읽는다는 것은 힘겨운 일이다
어느 줄거리에서 끊어진 맥락이 울고 있거나
편안한 저녁은 며칠이 지나 찾아왔다.

너의 쓸쓸한 문장이 나를 찾을까
오래 전 다짐한 약속처럼
눈물 머금은 너를 다독이며

한 장의 아픔을 넘긴다
접힌 흔적이 묵음의 무게에 천천히 소멸될 즈음

비로소 나는 쉽게 읽히는 문장이 되었다.

이마

이마를 보면 느낌이 온다.
얼마나 많은 생각이 지나갔는지

어둠이 환한 새벽녘
음 소거된 허공에 촘촘한 어둔 별

무명 시인의 이마가 빛난다.
무명 화가의 이마가 빛난다.
무명 가수의 이마가 빛난다.
무명인 우리의 이마가 빛난다.

수많은 반짝임이 이마에 산다.
아주 잠깐 빛나는 찬란함을
맨눈으로는 볼 수 없어

두고두고 한참을 공들여 보아야 한다.

별이라도 따줄 것처럼
자꾸만 이마에 손이 가는 이유다.

3부

마음 번역

지나가는 사람

내 옆을 지나가는
한 사람 두 사람 세 사람

내 눈에만 가득 들어오는
한 사람 두 사람 세 사람

꽃 같은 시절을 지나간 꽃들이
올해도 저 담장 밑에 웅크려 다시 필까

지나가는 사람
한 사람 두 사람 세 사람

누군가 나를 마지막으로
셈을 멈춘다
그리고 나만 홀로 남았다

마음 번역

1

때로는 향기로운 꽃밭이다가
때로는 차가운 눈밭이다가

꽃밭을 밟아대는 말발굽 소리
눈밭에 새기는 아린 첫사랑

이러지도 저러지도 못하는

꽉 찬 허공이다
허공을 채우다 지우다
변덕스런 오늘의 날씨도 오락가락

몽땅 집어넣고
비빔밥이나 먹고 싶어.

2

끓는 물에 한번 넣고
얼음물에 한번 넣고
쇠망치로 두들기다

불구덩이 쑤셔넣고
아, 그래도 답답해

모로 눕다 가로 눕다
뒤척이다 지새운 어둠의
두툼한 무게

몇 번씩 들었다놨다
들었다놨다

3
속삭이듯 스치는 말 한마디에
천 년 묵은 고목을 쓰러뜨리는
발톱을 숨긴
웅크린 거인들
혓바닥을 내밀고 헐떡거린다

피하는 게 상책이다

그 옆집이 하필

우리 집이다.

4
멈추어야 할 순간
그만 뒤돌아서야 할 때
더 가면 안 될 때

비아냥거리며 뛰어가는
거침없는 야생마들

뛰어간 만큼 뒤돌아올
움푹 파인 마음 길
아득한 간격.

5
어떻게 이 꽃은 피었을까
이렇게 잘, 예쁘게
하필, 이 고운 자리에 평온하게

꼭, 남들처럼.

6

하지마, 해, 하지마, 해
할까? 말까? 할까? 말까?
해봐, 말아, 해봐, 말아
하지마, 해, 하지마, 해
해, 제발 그만 좀 해.

7

삶은 사람의 생이라

생은 살아 있는 날것
날로 먹듯 날로 살아가고 있으니
어쩌다 거저로 생겨진 생

날로 먹기 아까운
잘 삶아진

한 끼.

8

우울하다는 건
내가 어딘가에 끼어
빠져나오지 못한다거나
내가 어딘가에서 멀어져
끼어들지 못한다는 것

아, 그래도
끼고 싶다

방귀.

9

건들지 말아야 할 때가 있지
건들지 않아야 아무는 상처가 있지
그럴 때가 있지

지는 꽃의 일생을 무심히 지켜보는
담벼락의 무덤덤한 어깨 같은.

잎들

잎은 피었다 지고
가만히 들여다보니
입술 같은 잎들이
입을 다물고 나풀거리네.
큰 잎 도톰한 잎 길쭉한 잎 찢어진 잎
이름도 다르고 모양도 다르고
꽃이 피기도 하고
꽃이 없기도 하고
때가 되면 모조리 바닥으로 떨어져
다문 입술로 나뒹굴 말들이여

사람의 입들, 마른 입술
고요한 저 잎을 닮아가네.

찌그러진 냄비가 더 뜨겁다

러시아산 동태가 끓고 있는 양은 냄비
온기를 삼킨 시간이 서성이는 문 밖
누추한 시간이 등을 떠미는 움츠린 어깨로
사람들이 흘깃거리며 창문 안으로 들어왔다 나간다
어디서 왔을까 너의 시작은

넘칠 듯 말 듯 적당히 익어가는 동태
허기진 침묵을 삼킨 목구멍이 꿈틀거리는 시간

지친 사람들이 허름한 식당 안으로 들어온다
먼 이국땅에서 그리운 고향을 찾아오듯 한 무더기
토속적 욕설을 내뱉는 주인 할매의 무뚝뚝한 말들이
찌그러진 냄비 속에서 화력을 올린다.

어떻게 왔을까 이 깊은 골목의 오래된 풍경 속으로
떠났다 돌아온 지친 연어처럼 축 늘어진 시간
찌그러진 냄비에 담긴 작은 바다 출렁이는 뜨거움을 삼키고
우리는 소리내지 않는 동태의 주둥이를 닮아간다

얼큰한 노랫가락처럼 시원하게 끓고 있는

찌그러진 냄비 속으로 여러 개의 밥숟가락이 담긴다.

끝맛이 칼칼하고, 따숩다.

부채

곱디고운 주름치마
누가 여기 놓았나

깊고 짧은 여름
오래 쌓인 풀지 못한 숫자 셈만 들락거리고
갚아야 할 잊어진 외상값처럼
잠들지 못하는 한여름 밤

너풀거리는 나비인가
뜨거운 하늘 곱게 베어내는 동안
나의 옅은 잠은 길어진다.

주름 깊은 마음 공작새 날개 펴듯
허공에서 꺼내오는
푸득푸득 차가운 시간들

하늘거리는 주름치마에
고된 계절이 비밀스럽게 사내처럼 파고들 때,

나비의 날갯짓 소리인가
접힌 마음이 명쾌하게 들렸다.

이름을 주고받았다

이름을 주고받았다.

악수를 하면서 나의 이름을
그의 손에 쥐어줬고
나는 그의 이름을 손에 담는다

그 많은 이름 중
오랫동안 가슴에 담겨진
담백한 온도가 될 때

참 따뜻한 손
서로의 이름을 섞는 의식처럼
만지고 싶은 이름
부르고 싶은 사람

먼 곳의 애인이여
어떤 온기로
안녕히 잘 지내고 계신가.

나의 이름을 호명한다.

을씨년스럽다

여기가 어디쯤이야?
누군가 작은 목소리로 속삭였다
우리는 모두 을씨년스럽다고 말했다
움츠려드는 한때의 어느 시절처럼
골목에 갇힌 바람은 답답하게 서성이고
동그란 눈으로 길을 찾는 길고양이들
목줄을 맨 개들이 낯선 온도에도 짖지 않는다
시든 꽃들이 꼿꼿하게 버티고 있는 담벼락
가을도 아닌 것이 겨울도 아닌 것이
머뭇거리다 놓쳐버린 옛 사랑처럼
같은 무게로 오랜 시간 쌓이는 기억
쓸쓸한 어깨 툭,
털어낼 수 없는 이야기들
십일월은 아파오는 긴 통증을 견디는 계절

여기가 어디쯤일까
우리는 잘못 들어온 골목을 뱉어냈다.

고양이는 불러도 오지 않는다*

불러도 오지 않는 사람 마냥
가고 싶은 곳만 가던 고양이가
어느 날부터 순하고 고요하다

흔적을 남기던 잔털의 영역을 가만히 내어주고
구석진 틈을 찾아 몸을 숨긴다
사람이 사람을 떠날 때
남은 사람을 토닥토닥 다독이듯
슬픔을 쓰다듬는 숭고한 의식
머물던 영역 안에서 소리내지 않는다

사람의 사각지대로 들어가
가지런히 누운 고양이
이별은 이렇게 하는 걸까
깊은 적막 어디쯤 수많은 기억을 숨겨두고
슬픔을 먼저 연습하는 중이다.

불러도 오지 않는 그날이 온다.

*야마모토 토루 감독의 영화 제목(2015년 작)을 빌려옴.

정리의 정석

헝클어진 듯 보여도 서서히 모양이 나타나게 마련이다
어지럽게 펼쳐진 난장판의 가늠할 수 없는 방향이 무엇을 말하는지
결국에는 정리되게 마련이다. 가만히 들여다보면 흑 아니면 백의
단순한 한 판 겨루기가 되거나 장단이 되거나 숨 쉴 겨를조차 없는 치열한 이야기가 되거나

상대의 마음을 끝까지 읽어서 떨리듯 던지는 한 수
끝나지 않을 것 같은 이 한 판이 잘 정돈되어 마무리된다는 것이다
들리지도 않고 들을 수도 없는 그대의 말
날카로운 가시덤불 숲에서 이 한 몸 빠져나오는 비명소리
섞일 수 없는 것들이 섞이기를 기다리는 무모함이 패착이다
어우러지는 것이 섞이는 것을 이기는 이 묘한 이야기를 아주 오랫동안
들려주고 있는 것이다
이 오래된 싸움이 아름다운 건 그의 말을 끝까지 들어주었다는 것과

그대의 질문에 세상에서 가장 온화한 응수가 되었다는 것이다.

사실은, 아프다

1

괜찮다, 괜찮다

그랬었구나, 그래 그랬었구나

그칠 수 없는 눈물

닦아낼 수 없는 눈물이면 어떠리

괜찮다, 괜찮다

아무것도 아니다

부디 이것이 사실이기를

2

그렇게 해

그래, 그래

한걸음 물러나 저만치

너의 곁에 있으니

누구나 헛걸음 같은

초행길이다

저 꽃,
손대지 마라

꽃도 더러는 슬픔이 필요하다.

3
제발
제발,
용서하옵시고

일생, 가장 겸손해지는 순간,
누군가, 이렇게, 가까이
간절히 기도하나니

누구였던가
목 놓아 애원하는 간절한 기도

나보다 먼저 했던 이.

4

질 때,

지는 꽃은 평범해서 슬프다

어쩌면 우리가

계절을 지나는 가여운 꽃들이 될 때

온전히 피고 지지 못한

평범한 사실들이

사실이어서 아픈 거다.

5

척, 하게 만드는 것이 있다

안 아픈 척, 안 슬픈 척, 괜찮은 척

어느 순간,

그렇게 되어간다는 것은

정상이다.

6

어제 같은 오늘이 되길
어제와 다른 오늘이 되길
오늘보다 좋은 내일이 오길

내일도 이 기도가
무사하기를.

7

사람이 위로가 되기도 하고
시간이 위로가 되기도 하고
어둠이 위로가 되기도 하고

더 깊은
상처가 되기도 한다.

8

어제는 정말 갔다
꽃들은 기어이 밟히고
빛의 체온은 식어간다

지나가는 것들의 검은 하품
가벼운 슬픔에도
눈물 한바탕 쏟아내면

어제보다 오늘이
더 울기 쉬워졌다.

9
잘 보이지 않는 거라네
다들 그렇다네.

어둠 안에서 내가 어둠이 될 때
달빛 한 줌 얻는 것처럼

보이지 않는 새들의 발자국을 따라
훨훨 날아가는 거라네

어제의 무거운 발자국들을 품고
거친 노도의 풍파처럼 출렁이는 거라네

이게 맞는 말이네.

찬란한 하루

사막 같은 숲, 숲 같은 바다
바다 같은 강, 강 같은 평화
평화 같은 전쟁, 전쟁 같은 아침
아침 같은 고요, 고요 같은 전야
전야 같은 오늘

너 같은 나
나 같은 바람
지나가는 바람, 바람 같은 숨소리
죽어도 죽지 않고 살아나는 별처럼
찬란하고 질긴 하루.

다시,

사막 같은 숲,
숲 같은 바다……

죽은 씨앗들

콩을 먹다가 문득 이 콩이 과거 씨앗이었을 것을
입 안에서 우둑거리며 깨어지는 심상치 않은 지변
생명을 잃은 후에야 고품격 단백질을 공급하고
어금니에 으깨지는 죽은 씨앗 거친 숨소리

어쩌면 나일지도 몰라

어둠속에서 자란 씨앗의 위장이 더러는 검은 피부로 더러는 색 바랜
황색 피부로 하얀 나체로 나뒹굴다 멈춰선 이곳이 터전이 되었을까

허공이 마치 땅인 줄 알고 땅 속이 마치 허공인 줄 알고
씨앗과 생명과 입 안의 콩들이 존재에 대하여 갈등하는 동안
어느 날 어느 시간에 잠깐 멈추었다 가는 하늘과 땅의 거리
땅에 묻힌 육신 씨앗이 되려는 건가

내 맘이 콩알만해졌다

무엇을 선택할까?

그냥 삼킬까, 뱉을까.

묘수

결국 이 손으로 내려놓는다는 거

내 손으로 툭, 내려놓은 둥근 돌 하나
눈도 없고 발도 없는 이 돌이 생각을 하고 있네.
어디로 갈까, 어디로 향하는 걸까

아버지, 벽이 보여요, 어떡하지요?
그래? 그 벽이 너를 견디게 해줄 거야
갈 곳이 없어요, 창문을 닫고 방문을 잠그고
그냥 생각 좀 해볼게요 시간이 뚜벅뚜벅 걸어오더니
뜨거운 돌 하나를 쥐어주네요
그래? 보이지 않는 곳에 그 돌을 던지렴.
돌 안으로 들어가 그 어둠의 방향을 읽어보렴
흑돌도 어둠이고
백돌도 어둠이란다.

서로 뒤엉키고 어지러운 이 형세
걸어온 시간의 행마가 벽이 되고 길이 되고
지나고 나면 모두 아찔한 묘수를 두었던 거지.
내가 내 손으로 툭 내려놓은
지구를 걸어온 나의 행적

분꽃

바라볼수록 참 많이 닮았네.
환한 만개 웃음 언제 보았던가.
꽃 같은 시절 알 수 없는
노모의 주름처럼
등 뒤편에서 한번 웃는 꽃
피었다 지는 미명의 새벽이면
밥숟가락에 콩자반 올리던 설은 손끝
검은 눈물 쏟으셨네.
주르륵 뚝뚝 바닥에 몸을 누인 눈물인 양
그 모양 참, 낯설지 않아
고요하고 익숙해서 잘 보이지 않던
등 뒤에서 조용히 피는 꽃

아련히 떠오르는
수줍은 여인

뜨거운 포옹

눈발 휘몰아치는 겨울 한복판
기차역 대합실에 몸을 실었다

웅성거리는 대합실 눈발처럼 부산한 사람들
어디를 가야 할 사람들 어디서 오는 사람들 틈 사이로 꾸부정하게 들어오는 냉기
잘 들리지 않는 뉴스를 보는 사람들 무표정한 자막처럼 흘러가는 긴 꼬리의
하행선 기차가 덜그럭거리며 역무원의 깃발과 멀어질 때
두리번거리며 시간을 확인하는 사람들 코트에 떨어진 눈을 털며 들어오는 사람들
커피를 마시며 연착된 시간을 향해 투덜거리는 젊은 여자의 힐 소리 마술 지팡이가 되어 주문을 걸고 소원을 말하고 싶은 겨울 한복판 날리는 눈발들
기다림의 시간은 겨울과 닮아 차고 냉정한 여자의 짙은 화장, 가려진 표정
피하고 싶은 겨울 눈발처럼 접고 접어서 날린 공연한 옛 추억에 모두가 잠시
우수에 젖고 누군가를 향해 맹목적으로 기도하고 싶은
더러는 이 계절, 겨울이 사람을 끌어안는 계절

이 뜨거운 포옹을 용서하자
결코 품 안에 담을 수 없는 인연
나의 뜨거움이 더러 상처가 되기도 한다는 것을

철로 두 가닥이 한참 멀어진 저 끝 어디쯤에서 하나가 된다

누군가 나를 읽고 있다

주기억장치의 메모리칩이 진공의 공간에서
초소형의 우주를 창조해내고 있을 때,
뒤뜰 작은 화분에서 크고 있는 일년생 천일홍
지난해의 억센 장마와 비바람을, 태풍이 지난 후
부신 빛을 향해 몸을 일으키던 기억을 잊지 않았나보다
뒤통수에 업그레이드된 마이크로칩
사람들은 저마다의 기억을 감당하기 어려워
밤이 되면 몸을 뉘이고 충전용 건전지 콘센트에 감전 중
빨간 불, 내일을 견딜 만큼의 용량을 채우는 일
바닥에 누워 뿌듯한 수혈을 받고
환하게 벗겨진 신상정보를 일일이 확인하는
반도체의 무한속도
내 두뇌가 모조리 읽히는 시간

어느 날 작년에 찍어둔 휴대폰 속 천일홍이
올해도 그 자리에 환하게 피었네
나는 얼른 뛰어가 사진을 보여주었지
반갑고 기쁜 마음에 또 다시 사진을 찍고
디지털 그리움에 뚜뚜뚜뚜 저장 버튼을 눌렀지

— 당신이 저장한 생각이 맞습니까?

— 예 또는 아니오를 누르세요.

— 죄송합니다, 당신의 계절이 삭제되었습니다.

4부

자연스럽게

먼저 그리움

그리움은 먼저 와서 기다리는 것
제가 먼저 가 있을게요.
심중의 아무리 멀고 힘든 일이라 해도
실타래 같은 멍울 뒤엉킨 매듭을 찾아
긴 인연의 실마리 한 줄을 붙잡고
제가 먼저 가 있을게요.
실바람에도 흔들리는 그 무엇이 있거든
눈길 한번쯤 보내주세요.
험하고 모진 진통의 시간과 끊어진 길에서 낙하하는
꽃잎이 되어 울음을 토하는 쓸쓸한 저녁
오지 않을 것 같은 봄날처럼
어느 날 그렇게 오시겠지요.
불 꺼진 가로등 숨어버린 골목 어귀
거기, 제가 먼저 가 있을게요.
제가 먼저 그리울게요.

자연스럽게

피었다 지는 꽃처럼
왔구나 싶을 때 떠나는 계절처럼
익숙한 너무나 익숙한 기쁨들 슬픔들
어색하지 않도록
있는 듯 없는 듯 흘러가는 저녁 강
다 보듬고 모두 내려놓은 성자의 눈빛
바람이 부는 것같이
저녁 노을 붉게 물든 구름같이
거침없이 떨어지는 가을 잎같이
평범하고 평범한 사람들같이
낯설거나 어색하지 않게
아무렇지 않게
그리운 것들 간절히 기다리는 일
길고 오래된 그 순한 시간이
때로는 눈물이 되어
우리를 다독이기도 한다는 걸
알지 못하듯 느끼지 못하듯
사람의 눈이 세상에서 가장 슬퍼
보이는 것들 모조리 보아야 하는
사람의 눈, 그 슬픔을 깜박이듯 자연스럽게

그렇게 순하게, 아프게
부디 억지가 아닌 자연스럽게
한 세상 자연스럽게

요리사 n씨의 레시피

겨우겨우
아둥바둥
조마조마
아슬아슬
꾸역꾸역
그럭저럭

조금만 기다리세요.
이제 다 되어가요.

그가 만들어준 첫 요리
한 상

공짜로 저녁 한 끼 얻어먹고 가니
서운치 않은 것 아니겠는가.

손 없는 날

오늘 하루 정도는
손 없이 살아보기로 했다.
손을 씻으며, 이 손이 정말 맑아질까
따뜻한 이음이다가
차가운 이별이다가
끝내 공손히 내려놓지 못한 손
함부로 휘둘렀구나.
용서를 구하는 따뜻한 도구가 되어
허공에 놓아두기로 했다.

오늘, 옆집이 이사 가는 날

손 없는 날이다.

눈물이 나오는 순서

늙은 엄니가 운다

늙은 엄니 고개 떨구고 온몸을 바닥에 내려놓고 숨죽여 운다
엄니는 늘 그렇게 울었다 슬프고 절망스러울 때, 해주고 싶어도 해줄 수 없을 때, 믿었던 내가 엄니 가슴에 못질했을 때, 내가 알고 있는 엄니는 늘 그런 모습으로 주저앉아 모든 슬픔을 엄니 탓으로 만들었다

늙은 엄니가 나 땜에 운다

어릴 적 보아왔던 그 모습으로 숨죽여 운다 이제는 다 큰 자식 놈 눈치보며 성치 않은 몸 예전보다 더 크게 내려놓고 작은 체구 녹아내린 눈사람처럼 온몸의 상처를 끌어안고 엄니가 운다 늙은 엄니가 흘리는 눈물이 주름을 타고 덜컹거리며 바닥에 떨어진다

늙은 엄니는 나 땜에 울고 나는 아직도 나 땜에 운다

내가 나 땜에 우는 동안 엄니는 남 같은 자식 위해 더욱

조심스레 달구어진 빨건 대장간 쇠붙이 조각 떨어지듯 뚝
뚝 무거운 눈물 떨어진다
　어려운 게 자식이고, 세상 눈물의 절반이 하필 말붙이기
어려운
　그 자식의 삼라만상 두두물물이라

　눈물론, 이루 다 헤일 수 없는
　눈물이 나오는 순서.

삼원신발상회

메이커는 안 팔아요
할머니 고무신, 짝퉁 운동화
가짜는 안 팔아요 진짜 신발만 팔아요
온전히 걸을 수 있는 온전히 닿을 수 있는
발에 꼭 맞는 신발
잘 모르는 상표가 붙어 있어서 헐값 받고 팔아요.
그 쪽에서 보면 짝퉁이지만 지친 발 감싸안은 진짜 신발
겉멋은 떨어져도 익숙한 딱 달라붙는 내 이름처럼
짧은 생, 꽉 채운 이 가게

오랫동안 사람들 마음 한 쪽 가지런히 남겨지고
가짜 같은 우리의 외걸음이 진짜가 되기도 했던
이 가게가 이제 문을 닫는다네요.
예고도 없이 폐업 인사를 전하는
걸음을 멈춘 짝퉁 신발들 정중히 가지런히
닫힌 문밖을 향해 발을 모으네요.

더러는 인사를 전하지 않아도
진짜 인사가 되기도 한다지요.

꽃말을 지어주세요

꽃 같은 사람에게
향기로운 사람에게
짧게 살다가는 사람에게
꽃말 하나쯤 지어주세요
노랑제비꽃이 수줍은 사랑이듯
접시꽃이 애절한 사랑이듯
그대에게 무슨 꽃말을 드릴까요
무슨 상상이 필요할까요
살아온 날들을 떠올려봅니다
아주 오랜 시간을 골똘하다
입 안에 가득 찬 이름
가슴에서 피어나는 향기
그대 이름 뒤에
어떤 꽃말이 생겨날까요

돋보기 쓰던 날

볼록한 눈동자
투명하고 맑은
눈빛으로
보이는 것들
가만히 들여다보니
이렇게 맑았구나

희미하던 글씨
돋보기로 보니 환하고 맑다
익숙한 음성들 귓불에 쌓인
활자를 읽어본다

이제 보이니?

니. 옆. 에. 내. 가. 있. 어.

바위 몸

바위 몸으로 살았는지
그 작은 몸뚱이 장정 열댓이
목 핏줄 세우네
보이지 않았던 고단함의 무게
그렇게 다 짊어지고
한세상 살아내셨네
슬픔보다 더 무거운 바위 몸
야윈 근심들이 홀연히 내려앉은
속언저리
이끼 같은 푸른 침묵이네
여전히 담담한 그 산
지는 해를 터트리니
온 세상, 노을 빛 드네.

목

길지도 짧지도 않은
신비한 울림통
그 울림이 울음으로 시작해서
단숨에 끊어지는
슬픈 목숨통
바위산을 밀어올려
한 세상 버티는
숨통

없으면 안 되는 무서운 악기
여태, 무엇을 연주했나
콧소리로 비아냥거리듯
비비꼬며 흥얼거리는
가벼운 노래는 부르지 말게

죽을 때까지 연습만 하다
끝내 부르지 못한 노래
길게 목을 늘려
먼 곳만 보다 지친 가녀린 통로
무심코 꿀꺽,
삼켰네.

소금꽃

— 홍희표 시인, 그의 등에 기대어

그의 들판에 소금꽃 피었어요
광활한 지평선 어깨 너머로
서서히 일어서는 익숙한 풍경
소금꽃 피어난 등언저리
스쳐 지나는 바람이 아니어서
얼굴을 묻고 한참을 울었지요
말보다 생각이 앞서
더듬거리는 서툰 음성
한 세월 서투르면 좀 어떤가요
그 너른 바닥에 앉아
두부김치 쓴소주에 축 늘어지고
겉말만 분칠하다 돌아앉은
저 하이터치 그리움
알까요 그의 들판에
이렇게 많은 꽃들과 새들이
몸 부비며 사는 그의 오래된 마을
아마 한참을 가야할 거예요
등짝에 소금꽃 피울 때까지.

나지막이 부드럽게

무거운 몸
이라고 생각하니 더 무거운 몸

부는 바람도 버겁다

걸음은 짧아지고
생각은 깊어지고

평생을 살아도 알 수 없는 길에서

비는 길게 내리고
흘러온 바다 요동치며 뿌리를 흔든다

나 그만 갈래
엄마, 나 그만 가면 안 돼?

나지막이 부드러운 음성
마음을 다독이는 소리

먹먹한 가슴으로 보이는 저기 저 불빛

그래도 가자, 꼭 잡은 손이 따뜻하다

무거운 몸, 일으키니
나지막이 빛 고운 야생화
언제부터 있었던가.

기억은 식물성에 가깝다

누군가의 기억 속에 살고 있나요
눈물에게도 뿌리가 있나봐요

기억의 부피는 아득하다지요

누군가의 기억 속에 나 살고 있나요

살다가 우연히 만나는 날에
시들한 마음만 보이겠지요

풀잎 같은, 나무 같은, 화초 같은
눈물을 먹고 자라는 기억

내 기억 속에 그대가 들어와
길고 오랜 농사를 짓고 있지요.

뜨거운 국밥

부부가 새벽 일터로 나간 뒤 불에 타죽은 어린 남매의 부음
아침 뉴스 고딕체 자막 한 줄 꿈틀거리며 지나가는 동안
배고픈 사람 없고 배부른 사람만 있다고 믿는
텅 빈 국밥집 의자들은 꼿꼿하다.
원망스런 팔자를 씹어대는 뚱뚱이 아줌마의 투정
어린것들 차라리 죽길 잘했는지 몰라
복받친 분노의 역설이 투박한 국밥그릇에 던져지고
새벽장을 보고 오는 식은 국밥 같은 단골사내
그래도 반가워 뜨거운 육수 한 사발 덤으로 퍼주며
서로의 안부를 칼칼하고 뜨겁게 확인하는 아침

죽은 어린 남매가 뚱뚱이 아줌마 젖가슴 사이에 호되게 끼었다.
끼어서 뜨겁게 꿈틀거린다.

손을 흔들어 부르지 않아도
깊숙한 마음 안으로 뜨겁게 파고드는 줄기가 있다
삼킬 수도 뱉을 수도 없는 목에 걸린
뜨거운 국물 같은.

봄비

정갈한 새색시
버선발 살포시 내딛듯
봄비 내리네

물에 젖은 실들이 내리네
새색시 고운 바느질
봄을 여미려는지
흠뻑 젖은 꽃몽우리
마음 빼앗긴 사람 옆에서
촘촘히 단단해지고

실타래 풀리듯 내리는 봄비에
비로소 민낯으로 마주하는
옛날의 조바심
젖은 바닥을 겹겹이 짜고 있네.

좋은 그림

좋은 그림 하나 갖고 있지요
아직 그려지지 않은 그림 하나 갖고 있지요
한 획을 그었다 다시 지우고
꽃을 그리다가 바람에 흩어지고
그대를 그리는데 아련히 지워지고
분명 좋은 그림이 내게 있는데
보이지도 찾을 수도 없지요
어느 날에는 선명하게 보이다가
희미한 밑그림이 보이다가
더러는 위작처럼 상처받다가
눈을 감고 마음을 누르면
반가운 그 그림이 내게 오지요
누구나 좋은 그림 하나 갖고 있지요
색을 입히고 섞고 문지르고
지극하고 정성스런 귀한 그림 한 점
마주앉아 바라보면
정숙한 눈물로 여백을 채운
좋은 그림 하나 품고 살지요.

■ 해설

일상에서 마주하는 관조觀照의 깊이와 넓이

이규식/ 문학평론가, 한남대 명예교수

10여 년 만에 새로운 시집을 펴내는 시인의 심회는 미루어 짐작할 만하다. 특히 그 기간 동안 우리 사회, 인식의 변화는 종전과 비교하기 어려울 정도로 가파르고 급속하게 진행되어 왔으니 시인의 감성과 의식, 그리고 세상을 바라보는 시선 역시 많은 변화와 성숙이 이루어졌을 것이다.

"김태완은 눈물과 후회를 보태어 연민이라는 꽃을 도두보이게 한다. (…) 그의 서정은 식물성에 가까워 정지한 듯 느리지만 오르막들을 듬쑥한 걸음걸이로 말없이 오른다. (…) 생활의 지스러기가 시가 된다는 것을 알면서도 곤비困憊를 과장하지 않기에 문장의 접착력이 월등하다. 독자 누구라도 동태찌개 냄비 안에서 숟가락이 부딪는 것처럼 친근한 느낌의 그와 인연이 닿을 것이다. 시중의 시편들은 눈물이 많아 짜고 자만이 넘쳐서 느끼하지만 그의 문장은 구뜰한 국밥일테다." 시집 뒤표지 추천사에 실린 전영관 시인의 코멘트는 예전 시집과 이번 시집 사이에 놓인 물리적 시간의 편차를 통하여 김태완 시인이 이룩한 시적 성숙과 특히 언어에 대한 조탁과 염결성 그러면서도 더 깊고 넓어진 성찰과 관조의 층위를 설명해준다.

시집 해설을 쓰기 위하여 작품 행간 더러는 시행 밖에서 시인과 만남과 헤어짐을 거듭하며 교감한다. 시를 해설하는 사람은 시인과 독자 사이에서 중개인, 해설자, 안내자가 되는데 그 과정에서 객관성을 담보하고 논리적인 설득력이 필요하다. 출판사의 편집자보다 먼저 시를 읽고 눈에 띄는 작품과 대목을 찾아 이를 모티브로 시인의 관심사와 선호하는 제재, 노래의 리듬 그리고 종국에 독자들이 포착하게 될 메시지를 나름 정돈하여 논증하는 작업은 즐거운 동시에 고통을 수반한다. C.-D. 루이스가 말했듯이 시인의 재능과 역량, 시적 성취를 가늠하는 전통적이지만 중요한 척도 중의 하나로 그 작품 속에 오래 기억될, 잊으려 해도 잊기 어려운 구절이 얼마나 많은가 하는 기준은 시의 지평이 확산되고 숱하게 펴내는 시집의 홍수 속에서도 여전히 유효할 것이다.

콩알에서 우주로, 비전의 확산

전영관 시인의 추천사는 '문장이 서늘한데 차갑지는 않다'고 첫머리 문장을 열었다. 일견 김태완 시인의 그간 시 창작 의지와 노력의 성숙 과정을 집약하고 있다. 2009년 출간된 『왼쪽 사람』과 이 시집을 비교한다면 금세 확인된다. 살갑거나 친절하고 조곤조곤 이야기하는 투의 시행을 찾기 어렵다. 얼핏 무뚝뚝하고 툭툭 던지는 듯한 어조에는 세심한 관찰과 사색 그리고 그 대상과의 내면의 교류를 위한 나름의 노력이 시행 곳곳에서 읽힌다.

> 콩을 먹다가 문득 이 콩이 과거 씨앗이었을 것을
> 입 안에서 우둑거리며 깨어지는 심상치 않은 지변
> 생명을 잃은 후에야 고품격 단백질을 공급하고
> 어금니에 으깨지는 죽은 씨앗 거친 숨소리
>
> —「죽은 씨앗들」 부분

대수롭지 않게 소비하는 콩알 하나에서 순환과 소생, 우주의 비전을 본다. 사소한 일상에서 무한대로 확산되어 순환하는 비의를 발견하고 그려내기 위해서는 주변 모든 것에 대한 애정과 긍정의 시선이 필요하다. 이런 눈길, 미세한 삶의 요소에서 질서정연한 우주의 부활과 질서를 찾아 노래하려면 시인은 '어쩌면 나일지도 몰라'라는 동화과정을 체험한다. 한층 가까이 다가선 시인의 눈길은 '어둠속에서 자란 씨앗의 위장이 더러는 검은 피부로 더러는 색 바랜/ 황색 피부로 하얀 나체로 나뒹굴다 멈춰선 이곳이 터전이 되었을까'라며 자문한다. 다소 형이상학적 개념의 선문답 같기도 한 이 물음은 다음 행에서 웅숭깊은 내공의 이해력을 드러낸다. 미소한 식물 하나에서 생명력과 순환, 거기서 싹터오는 새로운 소생의 신비 같은 눈에 보이지 않는 움직임에 예민하게 반응할 수 있었다.

허공이 마치 땅인 줄 알고 땅 속이 마치 허공인 줄 알고
씨앗과 생명과 입 안의 콩들이 존재에 대하여 갈등하는 동안
어느 날 어느 시간에 잠깐 멈추었다 가는 하늘과 땅의 거리
땅에 묻힌 육신 씨앗이 되려는 건가

—「죽은 씨앗들」 부분

이 구절은 이번 시집에서 시인이 보여주는 사유의 유연성과 거리낌 없는 상상의 스펙트럼을 비교적 명료하게 드러내고 있다. 식물, 동물, 주변 여러 사물, 현상과 교감을 통한 숙고 나아가 관조에 이른다면 그 사이 이루어지는 여러 단계 과정이 폭넓은 제재에 담겨 개성적인 노래로 옮겨진다.

여기서 주목할 또 하나의 특징은 작품 제목을 붙이는 역량이다. 대체로 작품에서 한 단어 또는 한 구절을 끌어오거나 주제를 집약하는 요약 표현이 이즈음 시 제목의 주류를 이루는 데 비하여 이 시집에 실린 시편의 제목은 표제를 비롯하여 내용을 요약, 함축할 뿐만 아니라 새로운 흥미를 부여하기도 하고 나름의 리듬을 실어 독자를 이끌어들인다. 시 제목에 대한 깊은 관심은 시 창작의 기본의무인 동시에 제목이 주는 암시와 상징의 힘은 현대시의 외연을 넓히는 데 중요한 역할을 한다고 본다. 성의 없고 의미가 모호하거나 희박한 인용과 반복으로 이루어진 제목은 시의 흥미를 반감하기 때문이다.

이마, 손 그리고 인체에 침잠하다

이마, 손, 발과 머리 같은 신체부위는 시에서는 그다지 자주 도입되지 않는 이미지그룹이다. 그러나 사실 신비한 인체의 구성, 그 작동원리와 어우러지는 양상은 시적 주제로 대단히 적합함에도 대개 관심이 비껴간다. 김태완 시인의 성찰의 시선은 우선 이마에 쏠리면서 오묘한 인체의 구조와 조화로운 움직임에 대한 경이로움을 확인하고 있다.

수많은 반짝임이 이마에 산다.
아주 잠깐 빛나는 찬란함을
맨눈으로는 볼 수 없어

두고두고 한참을 공들여 보아야 한다.

별이라도 따줄 것처럼
자꾸만 이마에 손이 가는 이유다.

—「이마」 부분

인체 어느 부위 하나 인간의 활동, 거기서 이루어지는 이런저런 구조와 역학에 연계되지 않은 경우는 드물겠지만 특히 이마는 그 위치나 외양, 발산하는 이미지의 변별성으로 인하여 관조라는 사유기능과 연관을 맺고 있다. 이마와 바로 밑 부위 눈이 형성하는 조형상의 수월성은 범위를 확장하여 손으로 연결된다. 라틴어 '마누스'는 사람의 손이라는 의미 이외에도 인간의 행동이나 습관을 지칭하는데 어원으로 볼 때 손이 포괄하는 의미망은 인간 행위, 인간관계의 근간을 이루는 반경으로 넓어진다.

주소도 없고 이름도 없는 어느 마을
내 눈물이 가벼워지면
비로소 보이는 그대의 집에서
나는 놀고 놀아 신바람나겠네
그대의 손이 나를 향해
들어와, 어서 들어와
그대가 없는 집
몸 밖으로 들어가
몸 밖에서 혼자 놀다.

—「몸 밖에서 놀다」 부분

추상적인 어휘, 형이상학적인 표현과 생소한 어구가 교차하지만 그 무리들이 일정한 배열을 이루고 나면 자연스러운 조합으로 전환되어 마땅히 그 자리에 있어야 할 시어처럼 자리잡는다. 이마, 손, 발 그리고 신체 각 부분 오랜 응시와 명상을 통해 몸과 삶, 신체와 세상과의 조화로운 관계가 이루어진다. 그런 의미에서 연작시「지극한 손」은 손에 관련한 여러 개인적인 미시사, 체험 그리고 에피소드며 손에 관련한 시인의 생각과 의식을 경쾌하게 풀어간다. 여기서 경쾌하다는 표현은 다른 작품과의 상대적인 개성인데 특히 압축을 통한 암시와 상상의 범위를 넓게 설정한 데서 연유하기도 한다. 에피소드와 까마득한 날의 희미한 추억이 다만 빛바랜 앨범이 되지 않고 생동감을 주는 것은 거기에 투사된 관조의 농도가 짙기 때문이다.

관심을 끄는 작품의 하나인 「지극한 손 4」는 인체의 한 부분인 손을 망원경으로 때로는 현미경으로 골똘히 조망하는 과정에서 이루어진 사유작용으로 손이 발산하는 여러 형상과 느낌 그리고 손을 통해 투영하는 세상의 섭리를 노래한다.

귀한 손을 가졌네.

(…)

움켜쥐면 떠나가고
놓아주면 오지 않고

민낯 가린 손 부끄러워
벌겋게 달아오른 홍조

—「지극한 손 4」 부분

신발은 발과 연관되어 손과는 다른 삶과 영혼의 상태, 이동성과 목표를 향하여 옮아가는 운명 같은 외연된 성찰의 대상을 제공한다. 상징주의 시인 아르튀르 랭보가 노래한

'바람구두를 신은 사나이' 즉 정처 없는 방랑의 길에서 시인이 느끼는 일탈감과 자유, 거기서 확인하는 뜨거운 창작의 열정 그리고 자신을 둘러싼 여러 환경요소를 향한 경멸과 도발, 혁신의지 같은 끊임없는 시적 테마를 제공하는 원천이 되기도 한다. 「낡은 신발이 남긴 긴 발자국」과 「삼원신발 상회」 두 작품은 일정 부분 교집합을 이루면서 이상과 현실, 떠남과 잡아당김, 보이지 않는 것과 보이는 것 같은 길항관계에 놓인 상상의 실타래를 풀어가며 또 되감으며 섬세하면서도 건강한 시인의 감수성을 드러낸다.

일상을 향한 눈길에서 관조의 시선으로

시인이 사유하고 눈길이 머무는 중요한 대상은 역시 '일상'이다. 시선을 던지고 발 닫는 곳곳, 생각이 스쳐가는 관심 영역 하나하나가 시 창작을 통하여 여러 단계 여과와 숙성 그리고 압축 과정을 거쳐 이 시집에 수록되었다. 그러므로 '일상'은 이 시집을 읽으면서 줄곧 상기할 만한 키워드이며 단서가 된다. 「빨래」, 「심야택시」, 「을씨년스럽다」, 「찬란한 하루」 같은 평범한 제목으로부터 「그림자의 관절에 관하여」, 「슬픔을 반으로 잘라 사과처럼 먹었다」라는 창의에 충만한 제목에 이르기까지 김태완 시인이 마주하는 현실의 여러 요소들은 각기 적절한 변형과 수사 과정을 거쳐 구상과 추상의 범위를 넘나들며 내면의 깊이와 넓이를 비춰준다.

알몸은 불온했다
그렇게 빠져나온 알몸을 세탁하고
뚝뚝 떨어지는 젖은 몸의 고단한 무게

—「빨래」 부분

김태완 시인의 작품에서는 단일 시행보다는 몇 행이 묶인 연聯 단위 구절이 이루어내는 이미지의 힘, 작지만 큰 구도로 설정하는 흡인력이 돋보인다. 위에서 인용한 4행 첫 연은 탁월하다. 숙제인 듯하면서도 종국에는 축제로 나아가야 할 삶, 일상은 결국 소박한 지향점을 향하여 달려가는 미세한 움직임의 총체로 볼 수 있을 것이다 ("언제쯤 빈 몸으로 향기롭게 나부낄 수 있을까"). 세탁한 옷을 입고나면 때를 묻혀 또다시 빨래 과정을 거친다. 더러 햇살에 나부끼며 경쾌해지기도 하고 건조 과정의 가벼움을 느끼며 살아가는 단순한 반복이 일상의 본질을 이루는 요소의 하나라면 삶은 그리 거창하거나 대의명분에 충만한 공리적인 개념이 아닐 수도 있음을 암시한다. 인용한 위 4행의 예리하면서도 포괄적인 표현은 그런 의미에서 눈여겨볼 만하다. 그래서 삶을 '싱겁다'라는 선언적 언사로 규정하면서 가족사의 일단을 연역하는 「싱겁다」라는 작품을 읽어본다. 개인적인 가족사를 통하여 삶의 실체를 규명하려는 과정에서 흔히 발생하는 '일반화의 오류'를 여기서는 찾기 힘들다. 매우 구체적이고 지엽적인 추억의 일단을 거론하면서 시인이 당도한 명제는 결국 싱겁다였다.

싱겁다
그리움이 깊어지면 기억은 또렷할 줄 알았는데, 싱겁다
우리는 싱거운 한때의 계절을 보내는
누군가의 아들, 어느 집 딸들의 아버지

예상했던 대로 끝이 되는 범상한 길
우리는 모두 싱겁다. 싱거운 바람이
아버지 봉분 같은 내 뒤통수를 쓰다듬고 지나간다.

—「싱겁다」 부분

마지막 두 연, 일곱 행은 싱거운 삶, 싱거운 존재, 싱거운 자연 속에 살아가는 싱거운 정경을 '싱겁다'라는 표현을 의도적으로 반복하여 싱겁게 묘사하는 듯하지만 결국 싱거운 것임을 어찌하겠는가. 삶 자체가 싱겁다 하더라도 그 싱거움에 양념을 넣고 적정농도를 맞추려는 시인의 의지와 노력이 시편 곳곳에 배어드는 가운데 「심야택시」 같은 작품에서는 공空의식이 더해지면서 사유의 깊이를 더한다. 깊은 밤 택시를 타고 길을 가면 밝은 낮에는 보이지 않던 것들이 나타나고 떠오르지 않던 사유와 기억이 소생하고 들리지 않던 소리들이 그렇게 선명하게 인식되는가 보다. 낮 시간 동안 숨죽이던 여러 감각들이 밤의 여유와 미덕, 어둠의 포용력에 힘입어 비로소 활기를 얻고 제 기능이 소생된다. 각기 따로 작동하다가도 공감각이 이루어지면 여러 인지체계의 상승작용으로 삶이 더 명료하게, 내 존재의 실체가 더 뚜렷하게 심야에 느껴지는 까닭에 시인은 거기서 형이상학의 각성을 얻는다. 어둠이 나를 무위와 공허의 세계로 이끌어 한동안 활달하게 움직이던 여러 감각들이 차분히 정돈되면서 적요, 적막 속으로 이끌어들인다.

심야가 끝나고 다시 찬란한 하루가 시작된다 해도 일상은 결국 그대로이다. 「찬란한 하루」는 역설적인 제목으로 14번에 이르는 직유와 결구 반복으로 의도적인 되풀이를 통하여 삶의 일상성을 '같은'이라는 표현의 중첩으로 돋구어 묘사한다. 사실 우리의 삶은 이런 '…같은'의 연속으로 이루어졌지만 분주한 나날의 연속은 그러한 구조를 자주 잊고 살도록 부추기고 있기 때문이다.

그림자가 비추는 또 다른 나

'…같은' 이라는 개념은 '그림자'라는 설정으로 실물감을 강화한다. 「그림자의 관절에 대하여」는 그런 점에서 읽는 과정을 통하여 다소의 긴장을 요한다. 세세한 묘사와 자상한 설정은 그림자에게 던지는 대화 같지만 실은 스스로를 향한 독백이기도 하고 그림자를 오래 마주하면서 이루어지는 사유의 과정에서 일상과 나날의 삶 특히 자아의 의미는 구체적인 실물감으로 자리잡게 되었다. 프랑스 낭만주의 시인 알프레드 드 뮈세가 「밤」 연작 시리즈에서 자신의 분신과 나누는 기나긴 독백을 통하여 고통과 회의를 벗어나 비로소 온전한 자아의 정체성을 찾기에 이른 것처럼 시인과 분신,

그림자, 또 하나의 자아 등과의 소통이라는 설정은 의미 있는 단락을 이룬다.

> 이 큰 머리, 머리의 무게만, 약 5kg, 오로지 머리만,
> 관절이 없이, 뻣뻣한, 단단한, 속은 칼국수처럼 꼬인, 두부 같은,
> 이 무게를 지탱하는 목뼈는 7개, 그것도 작은 연골로, 간신히
> 고개를 들어올릴 수 있게, 딱, 그만큼만,
> 이겨낼 수 있게, 일어서는 그림자여
>
> —「그림자의 관절에 대하여」 부분

흥미로운 대목이다. 여기서 거론하는 숫자나 구조설명의 정확성 여부는 별 의미가 없을 것이고 냉정하게 바라보는 인체는 허약한 듯하면서도 더없이 강인하고, 초라해 보이지만 대단한 위력을 지닌 신비한 복합체임이 드러난다. 자칫 중언부언으로, 난해한 언설로 간주될 수도 있을 대목이 주목을 끄는 것은 언어배치를 자유로이 조절하는 내공에 힘입은 바 크고 본질적으로 그리 이해하기 쉽지 않은 '나'를 포함한 인간존재를 바라보는 시선의 다양성에서 비롯된다.

김태완 시는 이렇듯 추상과 구체, 개념적 차원과 실증의 정밀성 그리고 상식과 난해의 경계를 허물고 자유로이 왕래하며 비추어보는 인간관찰, 인간탐구의 미덕을 자신의 체온으로 데워낸다. 그리하여 새로 주조한 글자를 통하여 그

경로를 드러내 보여준다고 할 수 있다. 그 바탕에는 인간과 삶, 세상과 그 구조에 대한 대승적인 긍정의 시선, 따뜻한 보편의 숨결이 자리잡고 있음은 물론이다.

관조의 심화를 향하여

이번 시집에서 두드러진 미덕의 하나는 행간에서 온전히 배어나오는 관조의 깊은 공력이다. 흔한 사색이나 성찰, 명상과 유사한 개념이라 하더라도 관조는 '나'라는 주체에 얽매이거나 집착하지 않고 이를테면 '무아無我'의식을 지향한다고 구별해본다. 관조의 조照는 글자 그대로 비춘다는 의미로 내공이 깃든 생각과 의식으로 대상을 밝게 비추는 경지인데 이 경우 시인의 의도와 의지, 주관은 배제되거나 최소한의 범위에서 작용할 수 있다. 이즈음 우리 사회는 외양과 피상적인 속단에 의존하여 크고 작은 판가름이 이루어지는데 그럴수록 관조 개념을 원용한 살핌과 헤아림은 절실해진다.

맞아 둥근 언덕에 꿈 하나 짓고 껍질 위에 살아
아찔한 곡선에서 잠시 머물던 미끄러운 시간
거침없이 어둠을 뚫고
이 화창한 마을의 풍경이 둥근 슬픔 위의 집이라

돌탑 같은 마음의 무게가 바람을 뚫고 견딜 때
비로소 잘 지나왔는가 붉은 길 위의 사람아
한쪽으로 자꾸 쏠린다

—「집 밖에서 집을 보다가」 부분

이런저런 설명이 축약된 가운데 시인은 다만 깊은 관조를 통하여 읽는 이의 마음에 하나의 풍경을 그리도록 권면한다. 독자 스스로 물음을 던지고 거기에 대한 대꾸나 답도 자신이 찾아내도록 다만 거들고 있을 따름이다. 자연물을 향한 응시와 거기서 우러나오는 깊은 생각의 농축은 내면을 비옥하게 하는 거름이 된다. 우리가 시를 읽으며 나름의 평정과 위안, 힘을 얻는 것도 그 작품에 스며들어 있는 시인의 관조공력의 일부분을 나눠가지는 공동선 추구의 결과일진대 이즈음 시에서 이렇듯 오래 묵힌 짙은 농도로 관조의 향기를 대하기가 쉽지 않다. 합성원료로 급히 조제하거나 그럴듯한 언사로 분식한 작품의 홍수 속에서 자유자재한 의식의 농축을 나누는 시를 대하면 기쁘다.

내 촉이 맞아 분명
우리는 한때 물고기였을 거야.

입으로 말하는 게 답답한 걸 보면
귀는 조만간 사라질 거고
어느 미끼에 걸려 바닥을 치며 발버둥치는
저 몸부림조차

우리를 닮았어,

이제 새로운 호흡법을 빨리 익혀야 해, 서둘러.

—「물고기 호흡법」 부분

동물이나 식물 또는 길가에 나뒹구는 돌멩이, 건물 한 귀퉁이 부서진 주춧돌에서도 관조에 감싸인 시인의 눈길과 숨결이 투사될 경우 자유자재한 상상력의 소산이 나타난다. 특히 마지막 2행은 참신하다. 의외의 반전으로 시를 읽는 재미를 줄 수 있다. 코로나19 창궐로 너나없이 써야하는 마스크, 그 뜻 아니한 도구를 언제까지 작용해야할지 알 수 없는 이즈음 사회의 단면을 클로즈업한 듯 기시감이 겹친다. 어디 물고기뿐인가. 「잎들」에서는 인간의 형상과 운명을 식물의 꽃과 잎에 대입하여 삶과 사람을 바라보는 관점을 넓히고 그 여력으로 자연과 인간 사이의 간극을 좁히고 있다.

「잎들」을 비롯하여 몇몇 작품에서 끝 부분 1연이나 2연 정도 분량에 담긴 시구들은 이미 앞부분에서 노래한 내용을 첨언하는 췌사로 읽힐 수 있어 자유로운 리듬의 흐름을 방해할까 우려된다. 그러나 대체로 시의 분량이 길지 않은 여백의 미덕을 보이고 있으므로 더욱 함축하여 관조라는 추상적 개념의 정수를 충실하게 담아내는 데 노력하기 바란다. 명상 나아가 관조의 소산으로 노래 부르는 시 작품은 아무리 짧아도 지나치지 않기 때문이다.

회상 → 확인 → 여과 → 도달의 선순환구조

시가 보여주는 특성의 한 지표는 그러므로 관조를 통한 감성과 인지의 상향화 과정이라고 할 수 있다. 지금처럼 감각의 쾌락과 찰나적인 감정에 따른 충동이 이끌어가는 삶의 트랜드를 여과, 완급을 조절하는 한편 장기적으로는 인간과 사회를 바라보는 긍정적인 눈길을 북돋우는 역할 또한 간과할 수 없다. 김태완 시인이 2020년 세밑에 선보이는 새 시집은 그런 의미에서 오랜 사색과 관조의 수행에서 발효된 노작이라고 말할 수 있다. 시집의 공급과잉, 문학에서 현저한 수요공급 불균형이 심화되는 시대라지만 제대로, 오랜 기간 공들여 내놓은 시집의 깊이와 효용을 믿으며 이 평설의 후반부는 김태완 시인이 보여주는 새로운 가능성과 미덕의 시편을 살펴보고 앞으로 더 넓어질 시의 스펙트럼을 함께 기대하기로 한다.

「나는 쉽게 읽히는 문장이었다」는 재미있는 작품이다. 여기서 재미란 감각적 차원의 흥미유발이나 특이한 제재가 펼치는 관심을 아우르는 일상의 의미가 아니다. 책, 읽기, 문장, 시간, 소리, 맥락, 쓸쓸한, 아픔, 흔적 같은 평범한 어휘, 산문을 적절하게 행갈이 한 듯한 문장배치 그리고 별다른 기복이 없는 구성 등 외형적 평범성에도 불구하고 독서의 일반적인 과정을 미세하게 단계별로 구성하여 솜씨 있게 버무려넣은 역량을 보여준다. "오래 전 읽었던 책의 접은 부분을 편다"로 시작하여 회상 → 확인 → 여과 → 도달이라는 순차적 과정의 서사는 그래서 흥미롭다. 책이 주는 전통의 아우라에 힘입어 평범한 책읽기를 예술적 행위로 끌어올려 묘사한 기량이 탁월하다. 그 사이사이 책과 나누는 미세한 교감과 소통은 읽는 이를 편안한 상태로 이끌어가고 책, 문장과의 교감과 합일이라는 수월치 않은 이상에 다다르는 동안 독자의 상상은 자극받고 확장이 가능하게 되었다.

책이 읽히지 않는 시대, 시인은 많은데 시가 대중 속으로 뿌리내려 퍼져나가기 어려운 이즈음 이 한 편의 작품으로 독서행위, 지적 활동, 정신적 행동의 우월성을 확인하기 바란다. 바라기는 이와 같은 재능을 정신, 인지, 감성영역 여러 분야로 확대시킨 제재로 재미있고 유익한 시 창작을 지속하기 바란다. 시도 일정 부분 재미있어야 한다면 '즐거움과 교양'이라는 예술의 기본사명을 문학이 앞서 구현하는 데 적합한 채널이 될 수 있을 것이다.

얼마나 많은 시간을 접어두었던 걸까

늘 소리내어 읽지 않았다
묵음으로 낭독되어 쌓여진 의미들이
내 몸으로 들어와 늘 접혀진다

너를 읽는다는 것은 힘겨운 일이다
어느 줄거리에서 끊어진 맥락이 울고 있거나
편안한 저녁은 며칠이 지나 찾아왔다.

너의 쓸쓸한 문장이 나를 찾을까

오래 전 다짐한 약속처럼
눈물 머금은 너를 다독이며
한 장의 아픔을 넘긴다
접힌 흔적이 묵음의 무게에 천천히 소멸될 즈음

비로소 나는 쉽게 읽히는 문장이 되었다.

「'나는 쉽게 읽히는 문장이었다」 부분

역설의 미학, 기본에 충실한 시

김태완 시인은 시 창작에 있어 수사나 기교에 크게 의존하지 않는 듯하다. 오래 숙고한 생각이나 감성의 단초를 정리하여 그 또한 상당 기간 갈고 다듬으며 여러 표현으로 대체와 위치전환을 모색하면서 공들여 고쳐나가는 시 창작 자세를 유지하고 있다. 요컨대 여러 수사 장치나 문장 수식을 위한 기교와도 일정 거리를 유지하면서 정공법적인 시작에 몰두한다. 간혹 역설 같은 방법론을 원용하기도 하는데 사실 역설은 보편적 시 창작 방법론의 하나로 굳어진 탓에 굳이 수사학 차원으로 이끌어들일 필요가 없는 일반화된 개념이다. 「좋은 그림」은 그런 의미에서 독창적인 짜임새로 역설의 미학으로 삶의 정수를 18행 속에 압축하고 있다. 좀 길지만 전문을 모두 인용한다.

좋은 그림 하나 갖고 있지요
아직 그려지지 않은 그림 하나 갖고 있지요

한 획을 그었다 다시 지우고
꽃을 그리다가 바람에 흩어지고
그대를 그리는데 아련히 지워지고
분명 좋은 그림이 내게 있는데
보이지도 찾을 수도 없지요
어느 날에는 선명하게 보이다가
희미한 밑그림이 보이다가
더러는 위작처럼 상처받다가
눈을 감고 마음을 누르면
반가운 그 그림이 내게 오지요
누구나 좋은 그림 하나 갖고 있지요
색을 입히고 섞고 문지르고
지극하고 정성스런 귀한 그림 한 점
마주앉아 바라보면
정숙한 눈물로 여백을 채운
좋은 그림 하나 품고 살지요.

—「좋은 그림」 전문

1행, 6행 그리고 13행이 각기 중간축이 되어 그 아래 전개되는 4행 또는 6행씩의 후속 행을 추스리고 정리하는 독특한 구조로 짜여 있다. 이 시집에서 주목할 만한 작품의 하나로 꼽을 수 있는 「좋은 그림」은 그리하여 역설은 진실과 오류를 동시에 포괄하여 외면적으로는 갈등과 대립을 담보하는 듯하지만 사용되는 단어가 뜻밖의 표현이거나 주의를 끄는 어휘가 아니라도, 배열과 미묘한 어감의 차이만으로도 흥미를 일으키고 관심을 끌어들일 수 있음을 보여준다. 이 역설을 외형적으로 일반적인 의미를 가진 문장 앞과 뒤에 정치하게 짜인 시행으로 배치하여 자체적으로 역설의 뉘앙스를 도출해낸다. 오랜 세월 교과서적으로 이용하는 시 창작 수사학의 여러 양상을 새롭게 구조화하여 점차 고착화하는 언어에 새로운 숨결을 불어넣고, 시행 구축 정형화에 신선한 변화를 시도하리라 기대한다. 평범한 어휘의 일반적인 의미를 더 미세하고 예민하게 바꾸고 전치하여 시적 긴장을 높이며 발상을 전환할 수 있는 유효한 방안이기 때문이다.

같은 의미에서 「찌그러진 냄비가 더 뜨겁다」 같은 작품도 역설과 반어법으로 작품 구조의 탄력과 긴장을 점증시키면서 흥미를 더하는 여러 성취의 사례로 꼽을 만하다. 찌그러진 냄비가 더 뜨겁다는 사실은 상식이다. 열전도 면적이 넓어 더 많은 열기를 받아들이므로 표면이 뜨겁다는 물리적인 설명은 여기서 설득력이 희박하다. 삶의 고비 고비 노출이 많은 인생이 더 가열차고 신산한 곡절을 감당할 수밖에 없을 것이라는 부연설명도 식상할지 모른다. 참신한 여러 비유와 시공간을 넘나드는 이미지 구사 그리고 적절한 이국취향 환기만으로 눈에 띄는 작품으로 자리매김할 수 있었다.

찌그러진 냄비에 담긴 작은 바다 출렁이는 뜨거움을
삼키고
우리는 소리내지 않는 동태의 주둥이를 닮아간다

—「찌그러진 냄비가 더 뜨겁다」 부분

2연의 여운이 인상적이다. 앞에서도 언급한 바와 같이 잘 다듬어 배치한 시행 뒤에 이어지는 구절은 다듬고 과감하게 정리할 필요가 있다. "얼큰한 노랫가락처럼 시원하게 끓고 있는/ 찌그러진 냄비 속으로 여러 개의 밥숟가락이 담긴다"라는 끝 2행의 호소력과 탄력은 앞선 구절에 대비하여 미미하기 때문이다. 이런 과정을 통하여 시 창작 수사학 교리를 다시 정립한다는 마음가짐으로 끊임없는 연찬과 정진을 당부한다.

자연스럽게, 자연스럽게

『왼쪽 사람』을 펴낸 뒤 10여년, 그간 치열하게 탁마했던 김태완 시인의 시 창작 의지와 노력이 이 한 권의 시집으로 결실을 보았다. 일상 주변을 향한 세심하고 웅숭깊게 바라보는 눈길과 인간, 사회 무엇보다도 스스로를 향하여 던지는 긍정의 시선, 소통의지는 시인의 자산이다. 이 시집 간행을 계기로 시 창작 열정을 더욱 북돋우면서 특히 튼실하게 정착시킨 관조의 자세를 더욱 심화시키기 바란다. 좋은 시의 원천은 깊은 통찰과 유연한 사고, 미세한 사물과 스쳐지나가는 주변의 현상과 사물에 관심을 기울이며 그 자초지종을 눈여겨보고 시적 탐미로 옮겨내는 노력에 있는 까닭이다. 그런 의미에서 제4부 첫 머리 「자연스럽게」라는 시편은 이번 작품집을 펴내는 시인의 심회와 스스로 정진할 자세며 결의를 간명하게 노래한 작품으로 읽힌다. 오랜 시간 성실

하고 과묵하게 주변의, 일상의 그리고 시인 내면에 존재하는 온갖 사유의 대상과 마주한 결과 얻게 되는 지혜의 일단을 겸손하게 피력하고 있다.

이제 시력 20여 년, 앞으로 그 기간의 두 배, 세 배 더 정진할 채비를 하며 부르는 노래를 듣는다. 아울러 시가 우리의 삶을, 존재를 축복하고 특히 힘을 돋구어주는 유익하고 정다운 도반임을 모두가 생생히 느끼도록 정진하기를 당부한다.

피었다 지는 꽃처럼
왔구나 싶을 때 떠나는 계절처럼
익숙한 너무나 익숙한 기쁨들 슬픔들
어색하지 않도록
있는 듯 없는 듯 흘러가는 저녁 강
다 보듬고 모두 내려놓은 성자의 눈빛
바람이 부는 것같이
저녁 노을 붉게 물든 구름같이
거침없이 떨어지는 가을 잎같이
평범하고 평범한 사람들같이
낯설거나 어색하지 않게
아무렇지 않게
그리운 것들 간절히 기다리는 일
길고 오래된 그 순한 시간이
때로는 눈물이 되어
우리를 다독이기도 한다는 걸
알지 못하듯 느끼지 못하듯

사람의 눈이 세상에서 가장 슬퍼
보이는 것들 모조리 보아야 하는
사람의 눈, 그 슬픔을 깜박이듯 자연스럽게
그렇게 순하게, 아프게
부디 억지가 아닌 자연스럽게
한 세상 자연스럽게

—「자연스럽게」 전문

현대시세계 시인선 126

아무 눈물이나 틀어줘

지은이_ 김태완
펴낸이_ 조현석
기 획_ 고영, 박후기
펴낸곳_ 북인
디자인_ 푸른영토

1판 1쇄_ 2020년 12월 15일
출판등록번호_ 313 - 2004 - 000111
주소_ 121 - 842 서울 마포구 서교동 467 - 4, 301호
전화_ 02 - 323 - 7767
팩스_ 02 - 323 - 7845

ISBN 979-11-6512-126-6 03810

이 도서의 국립중앙도서관 출판예정도서목록(CIP)은 서지정보유통지원시스템 홈페이지(http://seoji.nl.go.kr)와 국가자료종합목록시스템(http://www.nl.go.kr/kolisnet)에서 이용하실 수 있습니다. (CIP제어번호 : CIP2020051309)

책값은 뒤표지에 있습니다.
저자와 협의 아래 인지를 생략합니다.